第 35 届
青春诗会诗丛
《诗刊》社 / 编

不可测量的闪电

孔令剑 著

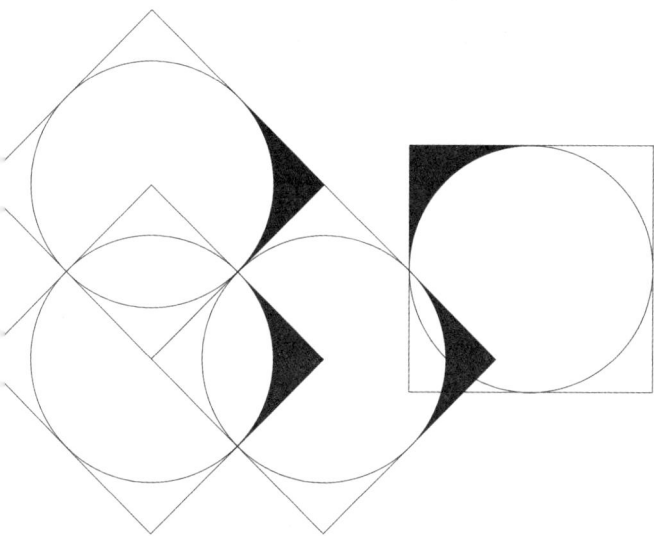

南方出版社
海 口

图书在版编目（ＣＩＰ）数据

不可测量的闪电 / 孔令剑著 . —— 海口 : 南方出版社，
2019.8（2019.10 重印）
（第 35 届青春诗会诗丛）
ISBN 978-7-5501-5579-4

Ⅰ . ①不… Ⅱ . ①孔… Ⅲ . ①诗集－中国－当代
Ⅳ . ① I227

中国版本图书馆 CIP 数据核字 (2019) 第 157172 号

不可测量的闪电

孔令剑 著

责任编辑：高　皓
特约编辑：聂　权
装帧设计：史家昌

出版发行：南方出版社
地　　址：海南省海口市和平大道 70 号
邮　　编：570208
电　　话：0898-66160822
传　　真：0898-66160830
经　　销：全国新华书店
印　　刷：阳谷毕升印务有限公司
版　　次：2019 年 8 月第 1 版
印　　次：2019 年 10 月第 2 次印刷
开　　本：787mm×1092mm　1/32
印　　张：3.75
字　　数：88 千字
定　　价：40.00 元

目录
CONTENTS

辑一 不可测量的闪电

辑一　不可测量的闪电

回忆之笔

一定，一定是用回忆之笔描摹
用回忆之光，缓缓铺开一条来路
一条通向未来而并不遥远的归途
永恒的色彩闪耀，那宽恕一切的记忆
仿佛太阳抛向湖面的一匹彩色绸缎
水，时间与光最好的落脚
水，这水里有山川、草木，有天空
白云的欢喜与忧伤，轻荡
不能说一切皆是幻象，不能说波纹
不能说言语就是那场来来去去的空
而你，可怜的肉身就在这水中
发着一点光，向着一点亮

部分的部分

身体是灵魂的一部分，这很确切
身体是灵魂的一座草房子，灵魂出去
又回来，总要回来，到这草木中
几株狼尾草伸着脖颈，它们
是旷野的一部分，它们的颤抖
是秋风的一部分。毫无疑问
无论多么辽阔和剧烈，这秋风
那旷野，都会是你的一部分
你——大千世界的幻象
总是在过去和未来之间往还
不知所终。似乎，更确切的表述
是必须说灵魂，也是身体的一部分
旷野，是狼尾草的一部分，秋风
是颤抖的一部分。而世界也只是你
一个深刻而不经意的动机

吞 咽

我们都是靠生命喂养的人
其他的生命，红苹果、紫葡萄
绿色菜蔬、白色米面，有时
仅仅是一些颜色，就足以支撑
全部的信念，我们尽情吞咽
在它们没有完全死亡之前，各种动物
它们曾经奔跑、飞翔、游动，在
自在的大地、天空和海洋
我们也不时吞咽我们的同类
他，或者她，他们，你的另一面
自我意志不能到达的每一个人
也许，我们一直在吞咽我们自身
在正午的阳光，在子夜
在镜子的模拟和叶片的吹奏
无时无刻，直到此时——身陷
又一重世界，那吞咽的声音
是深渊，是迷幻，在耳边

黎　明

又一个无梦之夜又一个空白
挂在二十七层的窗户上黎明不知
所出无法想起要等待什么
没有梦夜不能成为标本时间
无法像书页一样翻动生命
再一次缩短四分之一这黎明
仿佛从来没有生活仿佛一个
新生的婴儿没有啼哭一枝花蕾失去了
被采撷的命运也因此这黎明从没有
挑起另一片天空没有从星辰接收暗语
没有挣脱大地没有从黑色河流里
感受那随波的自由多么恐惧
又一个无梦之夜又一个空白挂在
二十七层窗户上的黎明越来越白
太阳将如一个巨大的事实飞离人间

爱怀疑的鸟

爱怀疑的鸟飞过夜空
隐于夜色有如隐于自身
爱怀疑的鸟不相信一盏灯的熄灭
与头顶的星星有关
黑暗中每一声轻微的响动
都来自两个隐约的实体
一切都是怀疑的起点
一切都值得再一次确信
梦幻来临，睡眠可疑
呼吸沉重，空气可疑
包括爱，在深爱中迷离
而死，在不死中加剧
爱怀疑的鸟也不信任彩色气球
在自我意志的地平线之上
被包裹的虚无仍是虚无
它只在上升的贪恋中获取意义

恐　惧

恐惧黑夜，恐惧寂静
恐惧孤独如山雀
无人可念，无枝可栖
一些话，自己对着自己
说出即是伤害，即是误解
闪电之后雷声隆隆
从不确切的方向
恐惧他人，如我一般的深渊
非我一般的流云，恐惧
没有希望，没有所求
来路模糊，去路无尽
恐惧一具肉身渐渐没了体温
那不可回转的自我坠落
从一只眼的深洞
恐惧重复，不会更好
恐惧变幻，花非花雾非雾
恐惧无处，而此处
只在生死之镜的夹角
反射无数

言 说

洞窟里的蛇和土地有关
和一切对立的事物、影子
以及影子里的"生活"有关
为何不能忘掉生，生已完成
没有了水，只有蛇
在愿望的草丛中曲折
一个人沉默，不是真的软弱
镜子上升到天空的高度
你终究身陷其中无以言说
把整个字典吞进腹中
不用咒骂和称颂
在内部，词会排列组合
产生毒和有用的诗歌

场 景

除了四壁，没有什么
可以支撑一个中心
一群人坐着，紧紧环绕
飓风的中心什么也没有
也许正因如此，大家
才能坐进同一片静寂
空气也不在，作为意念
它们已被全部吸入体内
没有言词可以逃逸
它们复制般统一的表情
悲伤和欢喜，保持
绝对的平衡，毫不费力
为什么会在他们中间
坐在一起还要多久
大家才会站起来
各自走掉，继续明天

话　题

在夜晚想起夜晚
总是另一个
每一个，都有一盏灯
坐在未眠的窗前，静静
阅读时间的空白
都有书页，在羽翅中打开
同夜一样黑的文字
在一双眼睛里逗留，又
沿着灯的光线飞走
都有一个人
从夜色中剪下自己的影子
挂上身后空寂的墙
此刻，所有这些影子坐在一起
正谈论一个话题：
沿着一颗星星钻探的隧洞
如何开掘这夜晚之上的
另一片天空

睡眠之一

由浅入深，睡眠分为
河流：波光轻叩眼睑
有细语在耳边，一枚硬币
在水面飘荡如无人小舟
壤土：明暗适中
如黎明和黄昏时的天边
一颗种子发现睡梦的房间
最深一层：寂静的森林
风吹，不曾动容
鸟鸣，不曾应答
交错盘绕的根在深处
汲取暗的光芒，生的力量
当然，还有深渊
身体如失去身体的衣服翻飞
在天和地、梦和醒之间
失重穿越

睡眠之二

睡眠是一方空炉
死后依然如此，人类
依然需要往里面扔各种东西：
柴枝，道路，无时间的天
以及不确定的空气；
为了不至于太过重负，人们也会陆续
从中取出一些：死掉的记忆，嘴巴
玩具小船，不能承担的旧识
份量与扔进去的相差无几，完全
符合人们生前的秩序。
区别仅仅在于：
睡觉时跑来跑去
而醒来，他们就会回到家中
躺在床上一动不动。因为
死过以后他们深知：
这才是理解世界，和世界
和平相处的最佳方式

诗歌的颜色

诗歌是什么颜色的，每一种颜色
都代表一种什么样的声调
每一种声调是发出还是被发出
它们走什么样的通道
从你的喉咙，还是别人的
从白天还是黑夜，它们占据黎明
还是黄昏，在爱与恨之间
它们要纠缠多久才算一个了结
它们是河岸边会思考的石头
还是被吸入又被呼出的一团空气
是永远在那里，还是无处不在
词语究竟是一个弃儿还是新生
它们是问号的排列，还是
句号的圆满，还是，只是
从你的眼睛里走出来的
那一点黑，永远无法完成的省略

世间辞

这是怎样的一个词，怎样的
一个盒子，装了什么，那么多
却依然空荡如秋风

夜晚来的时候，我更加渺小
这肉身如风中一叶，我的目光
如疑云，正被这夜的黑压住

无尽的黑，像磁铁
短暂的睡眠隔在中间
像一扇玻璃窗

黎明到来的时候，色彩复活
声音从这扇窗中再一次苏醒
带着阳光的透明

而我从夜里带回
自己的不居之影

永恒的夜，像磁铁
又一个睡眠等在那里
就像从南极走向北极

零 点

无限大或无限小
指向更远或者更近
一幅画，一片灯光
有时仅仅，是一次碰杯
一句错话
不是因为即将逝去而是
注定要不期而至
小心翼翼将一个又一个夜晚深藏
区分，隔离，为它们
贴上标签，它们因此不会被篡改
连成一体
就这样，黑夜闪动睫毛
保存阳光的秘密
此刻，当我坐进又一个零点
它们便会列队走来
让我欣慰：无论如何
又走向新的一天

秋日午后

捆绑呼吸，从天空垂下绳索
井底有另一片天空
以及阴云。要打捞什么，从镜中
秋天的白衬衣随风轻荡
整个下午的时光，怀念泛着潮气
在一片光亮里隐隐约约
鸟雀的未来并不遥远
即兴一截飞翔，即兴几声鸣叫
天空，不断上升。此时
仅仅存在的此时，如我之人
打开双翼，飞——
分针与秒针交错，像一个永远
无法完成的标枪投手

庭院里的柿子树

过去的事情并没有发生，现在
只是一团燃烧的块状黄金
柿子树的黑枝也只是丢掉了
叶子在时光里的碎语
它们都不属于过去
沉默的，坚硬的核在内部
什么也不证明
就像秋风走向冬天的途中
并不携带多余的东西
一段奔跑中的喘息也总是在尽力
减少热度。在庭院里静坐
一百年的庭院，它只是在等
主人在另一个一模一样的地方
倾听女佣诵读经书

请你猜谜

重复的翅膀掠过天空
记忆的云朵被人反复采摘
过去，垂下长长的棉絮
干枯易碎的黑色叶子
被柔软包围，被纯洁掩埋
野地在成熟的风中断绝经期
闪亮的田间小路布置最后的格局
没有人能够清楚识别
石头，成为河流的本质
季节在年轮里失去平衡
天空下一道道屋檐越来越低
毒蘑菇整齐排列，在经验的墙角
没有人能够成功跨越
白山羊垂直上升的情欲
悬崖同样找不出平川的含义
平川啊一望无际的平川
马匹在奔跑中丢失鞋子
而雪，在融化中找到自己
一次又一次仰望，从
那块即将到来的黎明的玻璃
星星们聚在一起猜谜
猜中者赢得一枚闪闪的金币

现在我把这些金币打造成
一个个汉字送到你手里
请你猜谜，请你猜谜

辑二 世界

世界情感

我爱这路旁不知名的野草，我爱
它枯而又生的新绿，我爱它同时
拥有一个冬季的允诺，一个春天的默许
我爱它叶枝间的即将，一颗晨露
——人间之水，大地的球形。我爱
它所护送的道路，这道路所不能到达的
无人之境，我注定在那里消失于无我
在群草的迎接，乱石的明证，在空谷
之风，弱溪之流——我们都是时间之身
在太阳之光的澄明。我更爱这人世
——道路连接的每一座城市和村庄，我爱
它们的喧嚣，烟火之声，建筑之语
这路上走过的每一个人，我爱
我们在我们所在——境遇之所，行动之梦
每一条道路都怀有世界的一种模型
我爱这无畏之爱，她赐我一片天空；
白昼，赋我如流云；夜晚，嘱我似星辰

世界梦想

拥有一片天空，在人群和建筑之上
上午十点的晴朗时刻，鸽群飞过
每一只都有一个新的世纪。在另一些
时间之光，星辰注目，灯火呼应
宁静的大地之夜，每一个人都准备
在梦中，烧一些过往，得几点光亮

拥有一片天空，在阳光的照拂之下
看到的皆是所是，想到的将成所成
即使在最窄的一道阴影，也有一棵树
完整的形象，也有信任和包容，就像
叶子信任树，树信任大地，就像春风
与秋风，包容每一片叶子的自言和自语

拥有一片天空，在旅途的千米高空
所有事物都变得缓慢，所有人都回到
肉身，不变小也不增大，所有的心
都各有其形，舷窗外一朵朵白云
即使不停变幻，也柔软如初，即使
走得再远，一低头，就回到烟火人间

世界的尺度

火焰：我不羁的灵魂如何
能在流水的国度持存一种热情
上升对抗着下降，一个不变的方向

流水：无限的渴望，我如何丈量
才能开启大地的沉默之身
在花与树的枝梢，在群山之巅

大地：接受你，承载你，在我的
皮肤和毛发，我的物质之躯，如何感受
阳光，如同阳光在我身上感受自己

阳光：与空气同行，我如何
才能完成这世界的时空之旅，才能
实现此处即是此刻，此刻即是无处

空气：给我几个词，本质之词
我会把它们散播，在每一个虚空
让它们在每一个叶片上言语和震颤

声音：我消失之际，也许
才是我真的现身，在尘埃的寂静

你也许才能听到世界的意愿

空气：容纳你的言行，同时
我在你的心胸，我们相互携带
相互吞吐，就像虚与实相反相生

阳光：在我看你的时候
你看着我，一个疑团似的瞬间
正是你看不见的所见

大地：你在我这里留下足印
我在你那里埋下欲望，我成就你
你把我实现，我们彼此相安

流水：我的柔软，我的真诚
都不够渲染你一个人的形象
有限中的无限，无形中的有形

火焰：燃烧并不是永恒
你要注意察看——灰烬，那里
才有最终的色泽，最终的平和

世界的镜子

出门前，她在镜子前再一次察看自己
昨日的应对，补水霜，润肤露和口红

行进途中，他从后视镜中反复观望
道路之向，在前方也在被紧紧跟随的后方

一个孩子，在商场，两扇被打开的试衣镜
夹角里，竟有六个之多的自己两两对视

世界的幻境

午后的阳光埋人
比夜晚更深。强烈的光
夺取你的瞳仁。即使
眼睑在困倦中紧闭
逃往短暂的白日之梦
即使曾经所见，以及
别人在你身上的种种预言
窗外，鸟鸣和寂静借助
同一片光亮，只为
看见那光亮里虚幻的叶片
看见那热风，席卷世界

世界的爱恋

生命的事情有时太过美妙
以至于必须和人分享，才能阻止
它们无休止的上升
然而，终究要上升，偶数的天空
一群白额雁在写字：
写一个比眼睛还大的"人"
再写一个"一"，比手臂还长
像是发回人间的爱情电报
于是，人们深信：
一个人总是需要另一个，总会
希望，成为对方唯一的居民
他们愿意一起离开春天
又跟随秋天，一路向南，即使
要飞越那生死山峦，也紧紧跟随
因为，生命的事情
有时又太过伤悲，同样需要另一个人
轻声相慰——"伊啊，伊啊，伊啊"
来来回回，在两个世界之间

世界答谢词

感谢所有人，所有人中的每一个
感谢你们——在这最后的此刻：
感谢你在这里出现，我对世界的每一次
确认每一次跟进，都有你的陪伴
感谢你我终生未见，世界因此赐予
多一点的空间和时间，我是如此有限
感谢话语，对白、独白和必不可少的旁白
所有说在我面孔、柔软之心和身后之影的
每一个字词，它们都是我最好的听写练习
感谢行为，拥抱我拉扯我击打我的所有
有意无意都让我感到了暖和力
感谢香烟，你不在时，它们始终追随着我
如同我的家人，燃烧，发出光亮，给我
别样的呼吸、停留和努力看清一切的目光
在此，我希望能感谢一下我的国家，虽然
我如此之小，仅如黄河底部的一捻尘泥
虽然除了"母亲"我找不到更好的词
它无处不在从不消失，它是词中之词
最后，我要感谢死亡，没有它，一切
都无法暂停或者结束，一切都将拖延
而失去意义，它给我力量重新审视过往
它给我勇气走上未知之路，继续，继续

声音或最初的世界（长诗）

一

1

声音说：
我贯穿于万物
只有你除外

我是三原色之四
五行之六

我的温度高于火
低于冰

我的密度小于空气
大于黄金

2

声音说：
我有我的颜色
它是五光十色

请你记住我的颜色
我有我的四季

春天：
声音复活
万物屏住了呼吸

夏天：
声音昏睡
在布满省略号的水中

秋天：
声音成熟
只有风在四处奔走

冬天：
声音死去
雪花为此重回大地

3

声音说：
我是毒药
你是哑巴

哑巴沉默不语

他正在忍受
语言对他的伤害

声音说：
我是哑巴
你是聋子

聋子沉默不语
他正在享受
语言对他的抚爱

声音说：
我是聋子
你是瘸腿的风

风沉默不语
他正在努力
擦拭天空

声音说：
你要跟随我
应该像风一样

风和风的爱情
总在空中进行

声音说：
你要模仿我
应该像风一样

风有风的骨骼
它同时是风的内容

声音说：
你要翻译我
应该像风一样

叶子对叶子的翻译
只有风知道

声音说：
你要诅咒我
应该像风一样

风和风的较量
总让无辜者受伤

4

我是翅膀
你是死亡

我是死亡
你是遗忘

我是遗忘
你是轰响

我是轰响的夜晚
而你是沉默的白天

我是没有身体的火光
你是没有灵魂的炉膛

我是我的身体
而你是词的尸体

你在我的身体里
总是词不达意

而我在你的尸体里
听到了喘息

5

声音说：
我是你的承诺
你是我的指责

我是耳朵以深度倾听
你是嘴巴以快感取胜

我是话语要说的太多
你是字词总偏爱沉默

声音说：
我该如何把你呼唤
才能度过这不眠的夜晚

那水与火的呐喊
在这永不停息的夜晚

那令人无望的白天
在这夜晚的背面

那出售誓言的天空
在这夜晚全是窟窿

6

声音说：
我深入白天的内部
却被夜晚逮捕

我是白天里的纸张
又是黑夜里的汉字

我从词滑向又一个词
却空无一物

我从一行登上又一行
却跌入深谷

我从一个到达又一个篇章
最终却是虚无

7

声音说：
在夜晚
我被另一个我改变

在夜晚
我被另一个我替换

在夜晚
我终于完成了我的背叛

声音说：
在夜晚

我同时找到了我的信念

我的信念是什么
请你告诉我

我的自由是什么
请你告诉我

我的死亡是什么
请你告诉我

8

声音说：
我如何成为
一本书的封面

我如何成为
一把琴的琴弦

我如何成为
一杯水的沉淀

我如何成为
一团火的渲染

声音说：
我如何成为
另一个我

哪怕，我只是
另一个我的
侧面

哪怕，我只是
另一个我的
背面

哪怕，我只是
另一个我
扔掉不要的
乌云的影子

9

声音说：
我是我的情侣
我在我的暗恋中

我是我的敌人
我在我的和解中

我是我的影子
我在我的黑暗中

声音说：
我是我的词语
我在我的释义中

我是我的释义
我在我的探寻中

我是我的探寻
我在我的断裂中

我是我的断裂
我只能回到
丢失的词语中

二

1

孤独：
声音到处飞翔
却无枝可栖

幸福：
声音在黄昏时
降落到太阳的额上

凄凉：
声音从雨水中分离
只把潮湿留在心底

失望：
在一种声音里沉陷
只有鼻孔露出水面

绝望：
被一种声音充胀
又被另一种声音埋葬

悲伤：
声音被声音淹没
水被水淹没

希望：
沿着一种声音上升
最终到达时间的顶峰

理想：
把一种声音

描绘成动人的图画

想象：
把一幅虚构的图画
用真实的声音表达

生活：
尘土企图在尘土里
不留一丝叹息

迷茫：
一种声音从梦中冲出
又在长长的夜里再次迷失

呐喊：
从生锈的喉咙中
声音擦出新的光亮

祝福：
把声音合在掌中
交给慈爱的上苍

自语：
声音和字词完美结合
在某一个秘密时刻

秘密：
声音躲在阁楼上
永不出嫁

真相：
声音爆炸后
落下事实的灰尘

存在：
声音找到它的
身体

虚无：
身体失去它的
声音

意义：
声音被打捞
从白色波涛

红色：
一种声音的
燃烧

黑色：
一种声音的

熄灭

白色：
一种声音
被水浸泡

绝对：
声音在无孔之笛中
沉睡

相对：
声音在迷宫之墙中
穿行

内容：
声音尚未被谱曲
却已被填充

形式：
声音被吹入红色气球
却无法飞上天空

白天：
声音的批发市场

夜晚：
声音被销售一空

时间：
白天为封面
黑夜为封底
一本声音的无字之书

今天：
声音和声音签订协议
对未来达成一致

未来：
声音和声音做出总结
对今天之前

过往：
声音和声音的争论
结果会在明天

人生：
生命在诉说死亡在倾听
或者，死亡在诉说
生命在倾听

女人：
可以复制的声音

男人：
复制中变异的声音

爱情：
男人和女人
在声音里的同居密室

回忆：
对过去的画面
进行配音

写作：
用过去的声音
描绘现在

阅读：
参照他人的声音
做发声练习

标点：
声音有节制的美
词句的休憩之地

追求：
在声音中寻找
不可言说之物

旅行：
把气息奄奄的声音
在万物中放生

告别：
转身离去吧
那个声音已在他乡

黎明：
太阳升起
惊散满天星辰的窃语

黄昏：
太阳落下
鸟儿回到叶子的合唱

无题：
在声音里飘来飘去
他的故乡没有名字

2

声音：
它的翅膀是前进
双脚是盲目

声音：
漂浮在词语的天空
只等风来把它救赎

声音：
无性繁殖的
最早实践者

声音：
历史上留存时间
最长的朝代

声音：
朝代里注定没有
一位皇帝

声音：
一个朝代结束
重又归于空寂

空寂：

声音向边缘迈进
却抵达沉默的中心

空寂：

你在无望的真空
仍要奋力呼吸

空寂：

无形的声音
被夜晚无限放大

空寂：

月亮攀上树梢的时刻
一只蚊虫完成轰炸

空寂：

你浑身的毛孔张开
正让带血的声音溢出

空寂：

你所有努力的表白
只为死后不再

空寂：

时间之书的空白

有你全部的意义

3

声音说：
我的生命在于空寂
它从这里开始并结束

我的历史就是空寂
它从这里结束并开始

我的世界就是空寂
它在这里毁灭并建立

声音说：
在我的空寂里
万物正列队走来

请让万物开口说话
它们有自己独特的表达

三

石头说：
请你不要用我的身体

建造这多情的世界

镜子说：
请把声音还给世界
我只留存它静默的形象

流水说：
请留下词语的骨架
我只带走它的音韵

海洋说：
在我的声浪里
你永远只是白色泡沫

泡沫说：
抱着精神出场
我在水中完成回归的绝响

水滴说：
我回到水中
就像回到我的父亲

父亲说：
和儿子之间
声音是一种多余

母亲说：
我要靠我的声音
和女儿相认

眼泪说：
从哭泣的声音里
我挤出水和白盐

微笑说：
我是声音最迷人的表情
默默注视着你的眼睛

眼睛说：
我看到的只是表象
声音才是真理的介质

专家说：
真理的声音小之又小
这是一种病理现象

病人说：
我被我的话语压住
常常无法呼吸

话语说：
我作为一种权利

就像黄金作为一种交易

权利说：
我作为一种力量
就像土地要求生长的欲望

土地说：
把词语种下去
收获方言和俗语

词语说：
我们都是声音的载体
我们都是乐器

音乐说：
我对听众的最大贡献
在于提供表明一切的可能

心灵说：
词语对我的有声呈现
总是模糊一片

词语说：
我和意义之间的矛盾
只有声音能够解决

钥匙说：
我进入锁孔的声音
并不能否认一扇门的存在

事实说：
从嘴巴之门到耳朵之门
是一段遥远的旅程

嘴巴说：
诺言即使不被说出
但我仍然是我

耳朵说：
谎言的秘密在于
它总是被大声说出

秘密说：
声音在空气和在人群中
保持同一模式的传递

空气说：
声音在我这里
只会变小不会增大

人群说：
声音在我这里

只会增大不会变小

回声说：
声音从人群得到的最大回报
就是他自己

忧愁说：
我被一些声音环绕
无法用词语将它们捕捞

词语说：
我在强调还是暗喻
这是声音的秘密

纸张说：
我在空白里追求
在声音里一次次绝望

散文说：
当声音在词句中统一
汉字便如秋叶落去

叶子说：
我是生命之树的边缘
我了解死亡的方向

死亡说：
一个人真正死去
是声音而不是呼吸

他人说：
我在声音的冥想里
它也是我的地狱

夜晚说：
我统治天空的时候
星星们只能用眼睛说话

星星说：
我能发出的最大声音
就是寂寞

香烟说：
在我燃烧的声响中
一颗星星升上了天空

天空说：
风筝要和我对话
却带着现实的尾巴

火焰说：
借助燃烧的声音

我要向天空飞跃

天空说：
我有四种语言
其中秋天最为丰富

秋天说：
我向春天的表白
只能在我离开之后

春天说：
我爱恋着的夏天
总让我在冬天里受难

爱情说：
我是一条隐秘通道
你要的不是时间的喧闹

时钟说：
我是一个擅长模仿时间的
口技演员

现实说：
虚构的声音在岸上
真实的声音在水中

湖水说：
我用波纹一次次论证
风不是来来去去的空

手指说：
琴弦不会言语
你听到的只是虚空

灯光说：
我阅读诗歌
只看重那些空白

诗歌说：
我发出的每一个声音
都要试着从生活中得到证明

铁砧说：
生活无法言说
只等铁锤高高落下

生活说：
我的声音止于喉部
又被吞进腹中

道路说：
我延伸的声音

只有脚掌能够倾听

脚掌说：
声音在无法描述中
才保持得最为完整

瓦片说：
我对屋顶的构建
使用有序叠加的语言

闪电说：
我的声音如此锐利
没有什么能将我测量

村庄说：
我是一个轻声词
请不要把我大声说出

言说者说：
我们正被世界言说
而不是我们言说世界

观察者说：
通过一条声音的道路
我们看到一个世界的背影

历史说：
世界在醉酒之后
才能回到儿童时代

孩子说：
先用声音编织一个摇篮
然后等我慢慢长大

老人说：
我是在沉默中慢慢衰老
还是衰老让我如此沉默

智者说：
声音是打开世界的钥匙
它有万能的齿

世界说：
我是如此之小
我只有少数几个词

辑三　时间孩子

黄 昏

锈色黄昏，在世界记忆中
尚未被孵化的天鹅之卵
走向夜就像河流走向湖泊
最后的光的羽毛将召唤
一个黎明，那虚无之爱
那徒劳，星空低语如密信
没有署名，没有词句

耳　鸣

你眼中的记忆之景
你的鼻息陈旧而温情
你的嘴中空无一词
牙齿坚硬，舌头多余
列车在铁轨上高速滑过
仿佛，拨弄你的耳朵
一个设置，请你确认此刻——
永恒的携身之旅

领 悟

我们对这人间的领悟
无非就是周末了，爬爬山
喘着气把自己一点一点抬高
仿佛一抬手，就够着了天
仿佛一喊，整个世界
就有了回应

来　源

夜晚和夜晚的月亮
他总也不忘，仿佛
他从那里诞生
从他眼睛看不到的
墓地般的
沉静里诞生
而那月亮——
婴儿的脸庞
黄金的目光
如他此刻的心
一声不响

高　度

获得高度的另一种现实
可能，就是待在原地
哪儿也别去，然后弯下身子
——开挖，挖，越深越好
但要提防，它超强的埋人能力

四 季

冬天的雪等待已久
而春天，在更高的地方
撒下种子。夏天目光热烈
充满世界的意志，却挡不住
一场秋风，几个虚词

夏 日

一条柴狗在门前的阴凉里
吐着长舌头，喘息，流口水
急促有回声，而眼前的光亮
白得耀眼，仿佛一个象征
一个被隐藏的万物之影

往 事

一些往事总也不死
一次次从它的遗像里复活
白天，它在你嘴边
在你言语之外的标点里
夜晚，它来到你床边
在你反复回忆的呼吸里
回忆不起，它就跳上你的脸
在那里挠啊挠，直到
你的脸皮发烫再也睡不着

不 惑

走着走着，就走向一扇门
走进一座旧时的庭院
一口井，一人多深
对着它言语，听到回声
仿佛来自你的体内
抗拒之声的呼应
嗡，嗡，嗡——没有水
你看不见自己的倒影
哪怕，仅仅只是
一个虚幻的头部
一缕随时可剪去的黑发

秋 夜

孤单的人，和同样孤单的
房间，相互取暖
他们说话，用窗外的落叶
金灿灿的文字到处都是
偶尔有风走过
他们停下来
听，刚才说过的话
乱成一团

口 哨

清晨洗脸，对着镜子
吹几声，走在路上
对着空气
看见鸟儿，它不叫
对着它的羽毛
抬头看看天——
这天蓝得让人心酸
那天上到底有什么
吹几句，仿佛太阳
大了一圈，升高了一点
就像一个无人驾驶的热气球
正去往谁的故乡

永 恒

夜晚的巨树生长，孤独者
在每个枝杈交错的地方
筑下窝巢。星星叼着烟斗
只远远看着

死亡讯息

一个人离世的讯息传来
表明：他将和我，在昨日之瓮
持续复活，似密皱
——时间的花朵

一个又一个讯息传来，仿佛
不断在说：地下墓穴
我们——已死与将死者
都会在那里流淌，如明日之水

动与静

河水流动
无法把桥带走
你站在桥上
却被流水带走

今 天

一个梦
总是从另一个梦里，醒来
昨天总是从明天
醒来，而今天
无梦之梦
曾是还是将是谁的预言
太阳，是一次行动
还是目光中的一团烈焰

门

如果夜，有白天的门
满天繁星之一颗
就是锁孔
白天有没有门
夜，从哪儿按下把手
又从哪儿脱下衣身

影子之一

有阳光时，你的影子
从你的身体里
跑出来，像一个小孩
没阳光时，你躲在
你的影子里，不出来
像另一个小孩

影子之二

一定有一个时代在你身上
在此刻，一阵热风吹过
庭院里老树晃动，而你
就在这枝叶繁茂的阴影中
剪裁自己，聆听声响

时间孩子

时间先生与时间小姐
只恋爱不结婚，只结婚
不生育，只生育不喂养
只喂养不教育，只教育
不成才——时间孩子
——原始森林里的青苔
一万年等或约等于新的一天

辑四　自我与花枝

形 象

我敢保证出生那一刻
我完整无缺，我的哭声
也是如此。陆续
有人从我这里拿走：
一个嘴角——不小心漏掉的
几个词，某只眼睛——
事物飘动不羁的影子
有时，仅仅是一小截毛发
一点死去的细胞
于是我的肢体渐渐分布
如微尘，在空气中
当然，我也不停从别人那里
取回一些东西：
一段耳孔，倾听秘密的尾音
半管鼻息，要把握的一个节拍
一片儿似是而非的笑意，有时
仅仅是半个指纹
差不多就是我已经失去，和
即将失去的那些
于是，我终将会保全那一个
我想是而可能完全不是的
另一个。以便，当我决定离开

我能用微笑，换回
尽可能多的哭泣——如果有
如果需要，我会把它们
全部倒挂在树上，秋风一来
我听到自己，浑身在响

父与子

哥哥，我的老哥哥——这呼喊
来到我的喉间。在一瞬。我的嘴
那么空，词语无所依，我的眼泪
冲动，头顶发麻——包裹着我的皮
那么紧。不像你，一阵风穿过
从那道窄门，你身上被吹起
那么多。你的喉咙沙哑，已留下
风中的尘沙，许多年。如你所愿
我有了儿子，你看他时，重新焕发
初为人父的热烈。在一瞬。老哥
我的老哥哥，我只是二十四年
之前的你，而再一个——
二十四年之后，我看你时，就会
像现在我看我的孩子，你也
会在我的怀抱当中，被我规劝
甚至训诫，那善意——那么深
血脉之河。在一瞬。我才知晓
哥哥，我的老哥哥，在这
没有几个二十四年的短暂人世
我们各自有一阵儿互为父子
各尽其责——这样挺好

第三人

仅仅一个是不够的
从身体里轻唤出的另一个
用太阳，月亮，星辰
用它们的羽毛之光，从
夜的无尽诉说
一扇窗，一条因空置
而被放大的街道
远处疑团似的建筑之影
钻探出些许光亮
也是不够
孤独如此黑

还需要多两只脚，多一双
从天空抓住绳索的长臂
十枚能开花结果的指头
多一种想象：
在一片自然之光里
有四个象限，一个夹角
从零到三百六十度，平均
每一天，都有第三人
和你，以及你的影子寻求
对位。完美而持久
孤独如此黑

多和一

——站在你面前的这个人

　　我，是谁？

——你是孔令剑，不是别人

——名字只是词语，词语之外

　　我，是谁？

——你是我的丈夫，另一半儿

——我们共同占有一份爱情，但你和我

　　都应该比一半还多

——你是孩子的父亲，他有你的血脉

——我不是他的过去，他也不是我的未来

　　我们是血脉之河的两个唯一

——你是儿子，哥哥，女婿，妹夫……你是

　　同学，同事，朋友……你是这么多人

——是的，他们都是我，而我

　　也是我的 N 次方，永远比已知的多

——和我说话的此刻，你是一种什么身份

——我是被寄居的所有人，但很可能不是我自己

——你什么时候成为你自己？

——在我写诗的时候，那个变动不居的影子

——哦，你是一位真正的诗人吗？

——我企图，但还不是，我正被众多的诗人所包裹

——写诗对你意味着什么？

——找到自己，并丢弃

——这对你来说有什么意义？

——没意义，只是一段旅程，我要用汉字
路过我自己，我只是它们的花枝

被命名和命名

你被一个词命名，永远
你住在这间词中，从不离开
你探寻世界，用这希望之词
行动之词，你感受一切
这面孔之词、物质之词，你
是被河流路过的词，你在此岸
也在对岸，你有植物的姓名
也有动物的血液，奔跑与啃咬
你有开始之风的结束，有
坠落之雨的浸入，你
光之词，照亮；手之词，触摸
你是呼吸之词，冷与热，昼与夜
你的白昼是动词，夜晚
是形容，明暗无界的时刻
你是一片叶的名词，如同
生死之交，显现肉身：体内
季节之词，体外，情感之词
你一生的道路、户口本、身份证
考试答卷、申请书、保证书，各种
资格和荣誉，以及花岗岩墓碑
存在之词、虚无之词，在
时钟的刻度、时代的波涛。

酒事琐记

1

关于木椅，来一次
加减，关于圆桌
来一场均分，关于酒
实在与虚无，频频举杯
总能碰出小声响

2

须夜晚，白天
终究无功，要折返
白天失去酒的火焰
白，是苍白
天，是苍天

3

从空到满，一次允诺
从满到空，一场追忆
酒杯，盛得下四海
却吐不出言词
就像夜空，吐出星辰

星辰，却吐不出现世的光

4

作乐，还是浇愁
酒话说：愁不灭乐不生
它们是死对头，一个
占了另一个的空杯
又说：乐极而生愁
它们形同母子，一个空酒杯
就是一个新子宫

5

春天的酒放在夏天喝
夏天的酒放在冬天喝
只有秋天的酒，秋天
放在心里自己喝
一场雪飞，几行脚印
整个冬天都走在酒的无色中

6

醉生的酒喝完
要继续喝，梦死的酒
如此才能生死两忘

钉自己在今夜
一张余生显影的底片上

7

再多一些，多一些
诗就要从酒水中出来
就要从唐朝出来
就要从李白的白发中
出来

8

最先醉倒的人
和酒量无关，也和酒
无关，就像经济社会
最先富起来的人
和金银无关

9

不喝酒的人
看，正喝酒的人
仿若在局外
喝酒的人
看不喝酒的人

都在局中

10

一个夜里就赴一场酒局吧
今夜不能假设
而酒，也从不兼容

11

总有人在最后
要喝掉几瓶
啤酒，无非，要倒出
尚未倒完的空

12

一场喝到后半夜的酒
比一场喝到天亮的酒
更危险，守住秘密
比公开秘密，更危险

13

天空解散星辰
酒，解散酒局

夜里的事就在夜里疯长吧
它们无法面对白天
那把无刃铡刀

今天之夜

兄弟，继续向前
就绕着这个环路，西，北
东，南，再回到这里

你开车，我继续听歌
不远处那些窗户里的灯
都有心事，它们什么时候回想

（亮着的时候它们发光
熄掉以后，它们进入梦乡）

（睡觉算不算我们活着的部分
哪一部分？有价值而无意义？）

送回我，你还会接单
还会继续走在路上
而此刻，我需要停下来
停下来，还在路上

我也喜欢开车，尤其在深夜
穿过随便哪一条街道，感觉
整座空城都是自己的，而你

和这城里的人都不一样

（我们都是时间堆积起来的
沙像，每一秒都有新的面孔）

（你也从不属于哪一首别人的歌
每一首，也只拥有你一时的声腔）

兄弟，过了十二点就是明天
我的车限行，不知在同一个夜里
交警部门是否要这么区分

（天亮的时候，我是从昨夜醒来
还是从今夜，一天
是有一个夜，还是两个）

（无论如何，夜都是唯一
而白天，是众人，是普遍）

兄弟，你饿不饿？找个地方
咱们吃点东西，想喝的话，喝上几杯
酒钱饭钱，还有时间，都算我的

我不是很喜欢喝酒，喝酒
和酿酒一样，都是一门
调制生命之流的手艺

（对我来说，喝酒就是要喝出
身体里的自己，最深的那个）

（我对自己越来越熟悉，今晚
喝得不多也不少，也没多少意义）

那咱们都不喝了，喝了酒
你不能开车，还得找别人送我
就今夜的剩余来说，咱们两个人的
角色，已经能够支撑

（每个人的身体里都藏着
无限多的自己，因此我们常常
需要一面陌生的镜子）

（我们从来也支撑不起哪一秒钟
就像我们支撑不住——呼吸）

兄弟，我们年龄相近，注定
在大多数时候，我们是同一个人
就如被同一个母亲所生，被她所养

（我们已经身为人父，但我们
已经和将要交给孩子们的，要远远
小于那一个母亲）

（而我们两个人的聊天，也更像
一个人的自言自语，在向母亲倾诉）

是的，兄弟，生活不能重新来过
过去仍在那里颤抖，说明
我们依然有所追求，就在这个夜里
就在此时，我说话的此刻

多年以后，我仍会为今夜感到庆幸
我会说，那不是一个代驾之夜
而天亮的时候，我会从今夜醒来
从今夜，我真正走进今天

问　答

你问我为何
不曾在一首诗里出现
转过脸，一只事实的鸟
飞过屋顶，飞向高空以及无限
难以启齿的玻璃
一片浑浊的光照耀，更加腼腆
别处有一扇不能穿越的门
看见看不见的情感，越收越紧
而平淡生活成就或者损坏
正如语言。尚未达到顶点
飘忽不定的光斑仍在心间

红 灯

曾经被雪访问的城市
此刻，正搅拌在一片声响里
越来越稠。前方十字路口
红绿灯交替，终于打出一个死结

矮小的男人，有着崖柏的脸
在车流中，就像在岩石的缝隙中

隔着车窗，他小心请求
递出一张钱币，他用双唇衔住
多余的话语，多余的细菌

他转身，两只空空的袖管摇荡
身形起伏，如暴风雨中的一叶扁舟

车流再一次涌动，一轮夕阳
红得发烫，从左侧的黑色高楼闪出
悬搁，在宽阔平静的汾河上方

夜窄巷

也许有了路灯的看护，街道
才不至于走弯路，也许秋风
本无意，才能把落叶送去所归
也许一个人走着走着，突然
侧身走进一条黑漆的窄巷
才能听到自己的脚步
和心跳，时间之线绕作一团
抽出随便哪一截都不易，今天
被昨天捆绑，而明天是最终的释放
事物们在暗中缓缓显现，仿如
一次新生，你的降临
就是要与它们重逢，在短暂的
白天的别离。而这黑暗常驻我身
作为光明之一种，那一夜
就是所有的夜，永恒的夜
在时间的表盘显示刻度

秋天之窗

当阳光在地板上打开一扇窗
秋天骑着白马越窗而来
同来的还有秋风，携带落叶
留树的沉默在大地之上
应答天空。那曾走失的温度
又一次缓缓回到身体，接着
记忆开始打捞愿望的马匹
——闪亮而众多的马匹
从遥远的草原上奔腾而过
只为倾听一场雪的偈语——
盲目的雪，未完成的雪
充满善意而无限可能的雪
而这扇虚幻的秋天之窗
仍将在日升日落的环形中
耐心等待着我和你
来把它轻轻打开，或者关闭

窗 外

背负时间之舟，溺于
时间之水，秋天之光
下午四点的玻璃窗
雨水来过，留下一些痕迹
一座兵工车间矗立在目光的半途
天蓝色的顶棚轻轻压在上方
远处的群山矮了下去
中间部分，一大块空地
在被建造中等待数年，直到
土地的音容再一次显现
一条即将消失的旧路
从空地的右侧缓缓而来，地上
一小团白杨树叶，被风吹了吹
就再也一动不动
高处的天空空无一物，除了蓝
除了远，除了它自身
没有什么令人遗忘和怀念

五 村

这曾拥抱而又别离
孤独而又热烈
在白天收获五谷，在夜里
看守着夜的，缓慢
走过世界的时钟，一转身
又走进此刻——
八月的阳光，猫一样蜷缩的
五个村庄，分别留下：
几道残垣，无窗之窗
合不拢的柴门，石碾
自己碾压着自己，以及
数条通往无人之处的草径
只为看守这山川
田野，大片无人采摘的绿
——谁的血
曾流得如此困顿而温情

呆呆岛纪事（组诗）

沙事

沙子美妙，每一粒都美妙
无比，像小的不能再小的孩子
每一粒都干净，轻，淡
在阳光下微光闪烁
仿若世间最小的真，最小的善
一粒一粒，它们半睡，又半醒
躺在呆呆岛的沙滩上
一副无论古今
随遇而安的样子，走过它们
就像走过——记忆，深一脚
浅一脚，就像年轻的父亲
再一次，从童年走向大海

海事

站在海水刚刚要碰到鞋子
而鞋袜不湿的地方，是最好的
站在海浪刚刚看到你
就可以拱手、曲身

满面春风恭候你，是最好的
站在海的使者疾步而来
双膝跪地，扑下身子
以九拜之礼迎接你，彷如迎接
巡边的君王，也是最好的

问事

站在呆呆岛的沙滩不知
我仍身在大地
还是已立足海域
海浪呜呜，海风呼呼
我只好抓沙子一把
再一把，亲自占卜

沙之子，必须是干的
沾了海水就沾了
大海的意图
也必须自然，降落
任何其他方向
也会有我的企图

而一粒粒沙
多么像一个个汉字啊
在空中，它们任着性子

遣词，造句，谋篇
一旦落定就消失无踪
即使我写诗，如君王
也无法解开其中的谜底

呆事

来呆呆岛拍写真
是对的，把自己的姿势
摆在呆呆岛的沙滩上
随便哪里都是对的
把景色从呆呆岛取走
把身体的影子留给呆呆岛
也是对的，这一生要呆多久
来呆呆岛呆一呆
哪怕只有半个下午
哪怕呆得恍惚，君王
无所事事，也永远是对的

时间的论证

1

车出古城，上高速公路
穿重山，草木及秋色
穿晨之风，一棵又一棵
柿子树正宣示，那满身结果
正是其时间所得

在一个离去和一个到达之间
走在路上的人隐约知道
所有的目的地都会被归结
在一个即将的时刻

黄崖洞，就在这重山之中
带着它曾经的所有——
时刻的集合，等待一群人
给他们无数次现形中的又一个
——第一次

2

全是石头的山是什么样子
当部分成为整体，便已获得

一个新的整体，在一个
岩石壁立的寂静时刻

岩石到底有没有时刻
它没有，我们的时刻从哪里来
若有，我们的词语为什么
不能达到一个细部或仅仅是轮廓

或者说，全是石头的山
是攀登者的岩石之山，是
仰望者的天空之山，也是自身
消减又堆砌了的时间之山

3

而我们——词语的携带者
在一个又一个时刻里伫立
并且跳跃的人，诗人们
该如何在词语里确认
一个时刻的真实存在

一个晴朗的现时刻，一个
枪炮嘶喊的旧时刻
一个被确认又被期待，在词语
之上又在词语之中的新时刻

一步步行进，一步步返回
每一步都同时是展望和回溯
而黄崖洞，注定又一次隐身
在我们的皮肤上，和血液里